AF390727

Classique Érotique

SONNETS LIBERTINS

suivi de
Enculées - Journal érotique

**Écrit par
Pierre Louÿs**

RETROUVEZ TOUS NOS GRANDS CLASSIQUES ÉROTIQUES

GRANDS
classiques
.com

LE ROMAN DE VIOLETTE
Un roman érotique
Marquise de Mannoury

AMOURS SECRÈTES D'UN GENTLEMAN
Un roman érotique
Edward Sellon

LES EXPLOITS D'UN JEUNE DON JUAN
Un roman d'initiation érotique
Guillaume Apollinaire

LES CONCUBINES DE LA DIRECTRICE

sur www.grandsclassiques.com

SONNETS LIBERTINS

La femme

(1889-1891)

Ex libris, nequam scriptoris
His libellus, o clitoris,
Ad limen te mittat oris.
Madame, vois l'ex-libris
D'un auteur français, qui peut-être
A mouillé votre clitoris
Plus d'une fois sans vous connaître.

Sonnet liminaire

L'orchidée

Une fleur a mangé ton ventre jusqu'au fond
Sa tige se prolonge en dard sous les entrailles
Fouille la chair de sa racine et tu tressailles
Quand aux sursauts du cœur tu l'entends qui répond
C'est une fleur étrange et rare, une orchidée
Mystérieuse, à peine encore en floraison
Ma bouche l'a connue et j'ai conçu l'idée
D'asservir sous ses lois l'orgueil de ma raison.
C'est pourquoi, de ta fleur de chair endolorie,
Je veux faire un lys pur pour la Vierge Marie
Damasquiné d'or rouge et d'ivoire éclatant,
Corolle de rubis comme une fleur d'étoile
Chair de vierge fouettée avec des flots de sang
Ta Vulve rouge et blanche et toute liliale.

2 juillet.

La vulve

1. Les poils

Un rayon du soleil levant caresse et dore
Sa chair marmoréenne et les poils flavescents
Ô que vous énervez mes doigts adolescents
Grands poils blonds qui vibrez dans un frisson d'au-
rore.
Quand son corps fatigué fait fléchir les coussins
La touffe délicate éclaire sa peau blanche
Et je crois voir briller d'une clarté moins franche
Sous des cheveux moins blonds la chasteté des seins,
Et sous des cils moins longs les yeux dans leur cernure.
Car ses poils ont grandi dans leur odeur impure
La mousse en est légère et faite d'or vivant
Et j'y vois les reflets du crépuscule jaune ;
Aussi je veux prier en silence devant
Comme une Byzantine aux pieds d'un saint icône.

24 mars 90.

2. Les poils

Quand j'énerve mes doigts dans vos épaisseurs claires
Grands poils blonds, agités d'un frisson lumineux,
Je crois vivre géante, aux âges fabuleux
Et broyer sous mes mains les forêts quaternaires.
Quand ma langue vous noue à l'entour de mes dents
Une autre nostalgie obsède mes narines :
Je crois boire l'odeur qu'ont les algues marines
Et mâcher des varechs sous les rochers ardents.
Mais mes yeux grands ouverts ont mieux vu qui
j'adore :
C'est un peu d'océan dans un frisson d'aurore,
La mousse d'une lame, un embrun d'or vivant,
Flocon vague oublié par la main vénérée
Qui façonna d'écume et de soleil levant
Ta peau blanche et ton corps splendide, Cythérée !

26 mars 90.

3. Le Mont de Vénus

Sous la fauve toison dressée en auréole
À la base du ventre obscène et triomphant,
Le Mont de Vénus, pur ainsi qu'un front d'enfant,
Brille paisiblement dans sa blancheur créole.
J'ose à peine le voir et l'effleurer du doigt ;
Sa pulpe a la douceur des paupières baissées
Sa pieuse clarté sublime les pensées
Et sanctifie au cœur ce que la chair y voit.
Ne t'étonne pas si ma pudeur m'empêche
De ternir l'épiderme exquis de cette pêche,
Si j'ai peur, si je veux l'adorer simplement
Et, penché peu à peu dans les cuisses ouvertes,
Baiser ton Vénusberg comme un saint sacrement
Tel que Tannhäuser baisant les branches vertes.

25 mars 90.

4. Les nymphes

Oui, des lèvres aussi, des lèvres savoureuses
Mais d'une chair plus tendre et plus fragile encor
Des rêves de chair rose à l'ombre des poils d'or
Qui palpitent légers sous les mains amoureuses.
Des fleurs aussi, des fleurs molles, des fleurs de nuit,
Pétales délicats alourdis de rosée
Qui fléchissent, pliés sur la fleur épuisée,
Et pleurent le désir, goutte à goutte, sans bruit.
Ô lèvres, versez-moi les divines salives
La volupté du sang, la chaleur des gencives
Et les frémissements enflammés du baiser
Ô fleurs troublantes, fleurs mystiques, fleurs divines,
Balancez vers mon cœur sans jamais l'apaiser,
L'encens mystérieux des senteurs féminines.

25 mars 90.

5. Le clitoris

Blotti sous la tiédeur des nymphes repliées
Comme un pistil de chair dans un lys douloureux
Le Clitoris, corail vivant, cœur ténébreux,
Frémit au souvenir des bouches oubliées.
Toute la Femme vibre et se concentre en lui
C'est la source du rut sous les doigts de la vierge
C'est le pôle éternel où le désir converge
Le paradis du spasme et le Cœur de la Nuit.
Ce qu'il murmure aux flancs, toutes les chairs l'en-
tendent
À ses moindres frissons les mamelles se tendent
Et ses battements sourds mettent le corps en feu.
Ô Clitoris, rubis mystérieux qui bouges
Luisant comme un bijou sur le torse d'un dieu
Dresse-toi, noir de sang, devant les bouches rouges !

2 juillet.

6. L'hymen

Vierge, c'est le témoin de ta virginité
C'est le rempart du temple intérieur, ô Sainte !
C'est le pur chevalier défenseur de l'enceinte
Où le culte du Cœur se donne à la Beauté
Nul phallus n'a froissé la voussure velue
Du portail triomphal par où l'on entre en Dieu
Nul homme n'a connu ton étreinte de feu
Et le rut a laissé ta pudeur impollue.
Mais ton hymen se meurt, ses bords se sont usés
À force, nuit et jour, d'y boire des baisers
Avec l'acharnement de la langue farouche.
Et quelque jour, heurtant le voile exténué,
Le membre furieux dardé hors de ma bouche
Le déchiquettera comme un mouchoir troué.

comm. en octobre 90
21 février 91.

Le corps

Main de branlée

Les doigts longs et libidineux sont toujours rances
D'avoir trempé dans le vagin sanguinolent
D'où sort, avec l'odeur écœurante, un relent
D'outrages gras, et de spasmodiques souffrances.
Sous les ongles mangés s'épatent les bouts ronds
Des doigts, qui meurtriraient les fragiles muqueuses
Et l'on pense à les voir de pubertés visqueuses
Et de vierges en rut fourrageant leurs girons.
Seul, un ongle érecteur du clitoris se dresse…
Ô mains, d'où semble fuir un geste de caresse
Charmes blancs précurseurs de mon membre viril
Mains qui faites l'amour aux petites branlées
Je chérirai sur votre galbe puéril
La trace et le parfum des blancheurs écoulées.

comm. le 12 avril
25 février 91.

Les poitrines

Sein de branlée

Le pauvre sein qu'elle a branlé d'un air distrait
S'avachit jusqu'à la ceinture. La tétine
Pend comme le pis blanc d'une chèvre qu'on trait
Du bout des doigts, où le dard brun se ratatine.
Sa rondeur s'est raidie entre les doigts baveux.
Un afflux lourd de sang a gonflé sa chair grasse
Et la chatouille exquise et fine des cheveux
A soulevé les seins vers la bouche vorace.
Mais au jour, après tous les spasmes assouvis,
Quand le sein tombe avec les vulves et les vits
Un haut-le-cœur descend des mamelles branlées.
La jeune peau se fane en blanc, et le tétin
Incapable d'essor au haut des chairs tremblées
S'allonge et maigrit comme un pénis enfantin.

4 février 91.

Toutes les vulves

Vulve blonde

Bien qu'elle ait une peau très brune, et que son cul
Soit énorme, et que sa lourde mamelle tombe,
Elle épate en blason déchiré sur l'écu
Un grand con d'or triangulaire qui surplombe.
Dans les cuisses de chair reluisante, la fleur
Délicate, se creuse avec des airs de rose.
Une odeur de printemps et de grande chaleur
Y perle, avec la jouissance qui l'arrose.
Le soleil, dispersé par des reflets errants,
Circule, à travers les buissons exubérants
Qui mitrent de métal fragile le stigmate ;
Le clitoris attend les ongles adorés
Et sous l'ombre des doigts qui zèbre la chair mate
S'ouvre la rose blonde entre les poils dorés.

4-5 avril 91.

Les senteurs

La senteur des bras

Entre tes bras jetés sur mes épaules nues,
Chère ! je sens monter des odeurs si connues
Des arômes si blonds, des parfums si légers…
Ô le vol sidéral sur les bois d'orangers !
La sueur qui vient poindre où ton coude se plisse
Comme un gel de nectar à la chair d'un calice
Fleure dans un enchaînement rieur et fou
Deux lys longs et câlins mis autour de mon cou.
Aussi quand loin des lits heureux où tu me lies
Mon nostalgique amour rêve aux nuits abolies
C'est l'odeur de tes bras qui m'enlace et m'étreint.
Et dès qu'un souvenir de leur parfum lointain
Revient errer encor dans mon âme touchée,
Je vois dans un éclair toute ta chair couchée.

term. le 14 janvier 91.

La senteur des reins

Quand tu dors à plat ventre et tes yeux sur tes mains
Je relève ta chevelure de sorcière
Qui voile, comme un bois funèbre les chemins,
Ton corps de boue obscène et de basse poussière.
Au fond des reins creusés en selle pour Satan
La rainure de tes vertèbres se prolonge
C'est là que lasse d'être, et d'avoir souffert tant,
Ma face, avec une fureur farouche, plonge.
Oh ! quelle odeur de chair et de rut convulsif
Croupit au creux des reins sous qui ronfle le sperme
Ma bouche sur tes os postérieurs se ferme,
Et je froisse à ta peau mon visage lascif
Qui hume en râlant comme un éphèbe impubère
Ô femme ! l'âcreté de ton odeur lombaire !

6 février 91.

Les ambroisies

Le lait

Puisque je suis ton enfant tout débile, et que
Tu berces dans tes bras consolateurs ma peine
Tu seras si bonne que me sourire, et que
Guider ma faible bouche à ta poitrine pleine.
Mes lèvres où frissonne un vagissement froid
Plainte dispersée au vent puéril de rire
S'empliront de ton mamelon noir sans effroi
Gloutonne que sa chair rugueuse les attire.
Dans tes bras, toujours dans tes bras clos, j'affluerai
Le lait par qui surgit le doux globe azuré,
Le lait tiède, où subsiste une odeur animale
De femme ; et comme un prêtre en prière aux lieux
saints
Je boirai ton sang d'ombre avec ta chair d'étoile
Sous l'espèce du lait consacré dans tes seins.

3 mars 91.

La toilette

Le lavement des seins

Qui lavera vos seins magnifiques, maîtresse ?
Quelle main lascive épongera leur splendeur
D'un geste délicat, lent comme une caresse
À les faire exulter de joie et d'impudeur ?
Quel lait de quelle biche qui ne les salisse ?
Quelle douceur de doigt qui ne heurte leur grain
Sera-ce votre lait, ô chère ? et votre main,
Qui laveront ce soir leur virginité lisse ?
Lavez-les bien, vos seins ; lavez-les, vos seins blancs
Promenez vos doigts fins sur leurs globes tremblants
Et pénétrez-les d'éblouissante lumière
Afin qu'en vos cheveux dont la noirceur reluit
Ils brillent dans leur sérénité coutumière,
Lunes de clarté nue au torse de la Nuit.

27 octobre 90.

Les baisers

Le baiser sur la joue

Laisse-moi, comme un peu ton frère, te baiser
Sur la joue, ô Savante implacable et moqueuse.
Cache ton sexe avec tes mains de Belliqueuse
Et que veuillent tes seins d'orage s'apaiser.
Ma lèvre, voyageuse de ta chair, se lasse
D'errer sur toi durant les heures… Il est temps
Que je m'endorme et rêve entre tes bras contents
Dont la nonchalance à ma nudité s'enlace.
Laisse en toute pitié que pose ton amant
Sa bouche sur ta joue imprévue, en dormant
Fraternel et gisant contre toi sans un geste.
Et ces lèvres seront si franches, que sur nous
S'attendrira comme un obscur parfum d'inceste,
Et que, honteuse, tu fermeras tes genoux.

25 février 91.

Le baiser sous l'aisselle

Plonger, quand ton aisselle est en sueur, ma bouche
Sous ton bras tiède et mou, dans les poils bruns et fins
Et là, gaver à pleines dents toutes mes faims
Du beau corps savoureux sur qui mon corps se couche.
Ah ! le rêve réalisé ! Ma langue est là,
Dardée à la naissance odorante des touffes
Et ma bouche à baiser pleurant que tu l'étouffes
Lisse aux lèvres les poils que la langue emmêla.
De longs frissonnements te courent, ô peureuse !
Sous la caresse ta haute aisselle se creuse
Et tremble ta mamelle où j'ai les doigts crispés,
Quand je puise, abrité par ton bras, ô clémente !
Dans la coupe de peau nubile aux bords jaspés
Où l'âcre vin de la chair en chaleur fermente.

26 mars 91.

Le baiser sur les seins

Après les grands efforts, quand les doigts apaisés
Tremblent encore un peu comme au frisson des fièvres
C'est la chaleur des seins qui tente les baisers
La gorge maternelle est douce aux faibles lèvres
Sous la Victorieuse au torse triomphant
Qui lui châtra la Jouissance et la pensée,
L'homme se fait câlin comme un petit enfant
Et sur les seins cléments met sa bouche lassée
Mais il ne tente plus comme au cours du combat
De mordre méchamment les chairs endolories
Et d'arracher du lait aux mamelles taries
Non. Il écoute nonchalant le cœur qui bat
— Laisse dormir sa joue entre les seins —, et touche
La chair souple qui roule et cède sous la bouche.

89
5-8 novembre 90
corr. le 3 mars 91.

Le baiser entre les jambes

Tout près du sexe qui fleurit dans les poils roses
Il est pour les amants une place à baisers.
C'est là que rêvent les visages épuisés
Et que la cuisse est tendre aux sourires moroses.
Nul duvet, si léger qu'il soit, n'y vient ravir
L'extase de la lèvre à la peau qui frissonne
Et la chair fraîche y peut lentement assouvir
Le cruel amoureux qu'un charme passionne.
Plus douce que la joue et pure que les seins,
La cuisse est là si blanche au milieu des coussins
Que la bouche y promène en souriant sa grâce,
Et cherche à ranimer sous les baisers voilés
La trace et le parfum des spermes écoulés
Sur le grain d'une peau voluptueuse et grasse.

6 février 91.

Les énervements

Le doigt dans le vagin

Ouvre ta chair ; je sais la mort de l'impuissance.
Au bout du bras coulé dans les aines, serpent,
Mon doigt peut t'enfiler tant que ma verge pend
Et soûler ton désir rageur de jouissance.
Le sens-tu, comme il entre avec une chaleur,
Et se promène et te caresse toute rouge
Tandis que ton grand corps se contracte, et que bouge
Le clitoris extasié par la douleur.
II s'enfonce, mon doigt pénétrant, il te perce.
Ton vagin vorace et vallonné qui s'exerce,
Intarissablement liquide autour de lui,
Tête et gargouille, bouche encore puérile,
Et trompe avec mon doigt consolateur l'ennui
De la trêve imposée à la vigueur virile.

30 avril 91.

La masturbation entre les seins

Mon long priape qui pantelait contre moi
S'érupe et bat, fouetté de sang par une envie
Furieuse de chair humide… Ah ! couche-toi !
Mais clos ton sexe comme une bouche assouvie.
C'est de l'étreinte des mamelles qu'il est fou.
À cheval sur l'arc blanc du torse qui se cambre
J'allonge entre les seins jusqu'aux douceurs du cou,
Entre les caressants et flasques seins, mon membre.
Il disparaît sous les replis exubérants
Que serrent, traversés par des frissons errants,
Les paumes de tes mains aux doigts dressés. Il bouge,
Et le filet s'irrite au sternum, et le gland
Braqué, cingle ta face avec le jet brûlant
Qui pleure de ta joue en flot strié de rouge.

26 mars 91.

Aux cheveux

Donne, maîtresse, tes cheveux couleur de flamme
Prends une mèche entre tes doigts efféminés
Et pour le spasme aigu au cœur de l'âme
Apprends le rituel des baisers condamnés.
Tu cerneras mon gland dans tes cheveux de soie
Comme un casque de pourpre au cimier lourd de crins,
Et tu feras sourire en mon âme la joie
De m'envirginiser loin des cœurs utérins.
Car dans l'étreinte délicate de la boucle
Fonceront sur mon gland des rugueurs d'escarboucle,
Feux d'ombre, attisés par les sursauts nerveux
Et si tes rayons blonds, ta mèche d'or, maîtresse,
Précipite ardemment la subtile caresse,
De longs jets pâles pisseront sur tes cheveux.

22 novembre 90.

Les caresses

Le croisement des jambes

Ah ! dans mes jambes… ah ! dans mes jambes qui
bandent
Comme l'étau d'un double phallus sous mon ventre
Dans mes jambes ta cuisse, ta cuisse en rut, entre
Mes jambes, entre mes jambes qui se bandent.
Ta cuisse a chaud… Tu me brûles. Ta cuisse tremble
Et jouit, je sens qu'elle jouit, ta… ta cuisse,
Qu'elle bande, je voudrais que, qu'elle jouisse
Et les miennes, et qu'elles déchargent ensemble.
Mes mains, sous ton genou par-derrière… oh ! ser-
rantes
En levier ta cuisse dans mes fesses errantes
Comme des lèvres qui baisent, et qui masturbent
Ta rotule, et qui masturbent toute ta jambe
Et s'affolent, et se désespèrent de stupre
Sans pouvoir téter du sperme hors de ta jambe.

4 février 91.

Les positions

En levrette

Il me plaît que ce soir, pour te faire un enfant,
Je te saillisse par-derrière et que tu prennes
À genoux la posture ignoble des chiennes
Sous mon ventre de Mâle obscène et triomphant.
La glace qui s'étend près des draps et m'obsède,
Réfléchira l'accouplement nu de nos corps
Et je me courberai sur ta croupe en dehors,
Comme Zeus amoureux, penché sur Ganymède.
Car tu seras, malgré tes longs cheveux de blé,
L'illusoire abandon d'un éphèbe enculé
Dont le rectum s'avive aux chaleurs de la verge
Et mes doigts, en pressant les poires de tes seins,
Évoqueront un androgyne aux yeux malsains
Jouissant avec des virulences de vierge.

4 février 91.

La sodomie par-derrière

Parce que strictement de par le double fer
Le deuil bref aplani d'aspect viril se dresse,
Parce que, sur ta fleur où vit l'ardeur d'Arès
Une ombre en linéaments rares se profère,
Et qu'aussi la stature et le geste d'avoir
Comme encore si peu d'aurore émaciée,
Disent à Celui-là l'imaginaire acier
Dont la garde s'efflore en jeune dieu d'ivoire,
Il me plaît, comme aussi l'opposé, conquérir
Le caprice animal d'attendre et de sourire
Où subjugue une intervertie aux doigts rétifs,
Le héros, grave de sa fureur qui s'ennuie,
En navrant, symétrique et protecteur, la nuit
Cyclopéenne au fond des parts respectives.

18 février 91.

Croquis de femmes

La femme qui danse

Elle danse, elle est nue, elle est jeune. Ses flancs
Ondulent avec un déhanchement farouche ;
Mais le sourire fait une fleur de sa bouche
Sous le regard languide entre les cils tremblants.
Ses doigts caressent vers des lèvres ignorées
Le galbe blanc, la chaleur douce de ses seins
Et son battement d'aile invite les essaims
Des baisers, à l'abri des aisselles dorées
Puis la taille ployée à la renverse tend
Le pur ventre, gonflé d'un souffle intermittent ;
Et, sur l'arachnéen fourreau noir de sa robe,
Ses bras tourneurs au rythme lent des luths divins
Cherchent l'imaginaire amant qui se dérobe
Et le veulent séduire avec des gestes vains.

26 février et 2 mars 91.

La femme qui se caresse

Couchée à travers le divan, les pieds par terre
Et sa touffe de poils bouffant en flots légers
Elle caresse avec des gestes allongés
Son corps chaud que nul vin viril ne désaltère.
Elle s'aime, occupée à d'éternels loisirs
À l'ombre des tentures et des palmes vertes.
Ses doigts efféminés par les mauvais désirs
Rôdent luxurieux autour des chairs ouvertes
Ils savent, en errant sur le ventre, creuser
Dans la peau la marque amoureuse d'un baiser
Qu'aurait donné la bouche idéale d'un homme.
Ils savent effleurer les hanches doucement
Et mouler à la peau des seins leurs palmes, comme
Un corps souple de femme sur un corps d'amant.

17 avril 91.

Les femmes

Femmes honnêtes
Gougnotte femelle

Faible comme un éphèbe après la sodomie
Pâle comme une amoureuse de funambule
Elle cède au désir sans conciliabule
Et dans les bras se laisse aller comme endormie.
Elle a distraitement des gestes d'ingénue.
Comment peut-elle aimer ? Elle n'est point nubile.
Sur les draps allongés elle reste immobile,
Les yeux clos et les doigts posés sur sa peau nue.
Oh ! les yeux violets cerclés d'ombre traînée…
Ces cheveux, voile blond pour un vague hyménée…
Tout le corps enfantin de fille vicieuse
S'étale, comme un lit d'impudeur dépravée
Où l'amante virile à ses genoux lovée
Vautrera lentement sa chair silencieuse.

6-8 novembre 90.

Les sœurs incestueuses

Les mêmes cheveux bruns emmêlés et la même
Bouche, et les mêmes yeux châtains, ce sont deux
sœurs.
Au fond des longs draps glacés, leurs ventres suceurs
Se cherchent, et les baisers chuchotent : Je t'aime.
Les mains suivent les flancs marqués par le corset,
Creusent les reins, se crispent aux fesses, reviennent
Aux épaules, dont les danseuses se souviennent,
Puis aux seins qu'un busc obscène et cruel corsait.
Le regard fureteur le long du corps s'occupe
À connaître la peau honteuse que la jupe
Cache le jour, comme un ciboire sous le lin,
Et ces deux corps, issus d'un même corps de mère,
S'unissent avec un enlacement câlin,
Par leurs sexes brûlants, frangés d'écume amère.

30 avril - 1er mai 91.

Les gougnottes

Les chatouilles

Sursum corda ! Debout, les seins ! Haut les cœurs
blancs !
Les doigts sont délicats autour des aréoles.
La poitrine fleurie a crevé ses corolles
Et des frissons d'amour courent le long des flancs.
Comme un ciel gonflé sous des rumeurs d'arbre
Le sein vaste a pâli sous les veines de sang
Et le mamelon chaud se dresse rougissant
Sur une dureté lumineuse de marbre.
Oh ! la démangeaison des seins ! Oh ! lentement
Les chatouilles au bout des ongles s'allumant
Avec les feux du rut dans la nuit des prunelles…
Et la chair croit sentir deux poignards assassins
Entrer, mouillés encor des vulves éternelles
Dans la rigidité douloureuse des seins.

8 novembre 90.

L'enfourchement

C'est l'enfourchement blanc des femmes affolées
Fourches pour Satan, fourches de charnel métal
Tête au chevet, tête au pied, couple horizontal
Droit comme un battant de cloche à toutes volées.
Et s'emboîtent les jambes avec rage, et les
Cuisses étreignent les ventres et les derrières
Et les rotules ont des fureurs meurtrières
Aux seins, et les pieds sont dans les cheveux foulés.
Les bouches crient, et les cons s'étranglent de bave
La fièvre aux extrémités des doigts se déprave
La nuque s'extasie aux fraîcheurs des pieds nus
Et les vierges, tandis que les suçoirs vulvaires
Font pleuvoir au vagin tout le sang des ovaires,
Affrontent douloureusement leurs sexes nus.

4 février 91.

Le monstre sexuel

La bouche à la vulve

À cheval par-dessus ton visage, ô bandante ?
Pour que tu puisses voir ma verge et mon anus
Je plongerai dans la blessure de Vénus
Ma langue impétueuse et ma bouche abondante
Je trouerai dans les poils le baiser rubicond
Des grandes lèvres, sur qui frémiront mes lèvres
Et comme un dard de bouc à la vulve des chèvres
Le membre de ma gueule enfilera ton con.
Et tu hurleras, tu pleureras sous la brûlure
Mais l'emportement sauvage de mon allure
Tremblera jusqu'au fond par bonds interrompus
Et fou d'avoir léché la fente vaginale
Je boirai sur le spasme de ses bords lippus
Les flueurs témoignant de ta joie infernale.

3 avril 91.

Scènes d'amour

Fellatrices

Les cheveux ont pleuré sur les mamelles tristes
Mais les ventres ont ri silencieusement
Profonds et grands ouverts sans un tressaillement
Comme des fourreaux noirs constellés d'améthystes.
Les bouches ont pleuré sur la douleur des seins
Mais les longs yeux ont ri d'un mystérieux rire
Et les bouches en pleurs guérirent leur martyre
Au rire chaud des ventres sur les grands coussins.
Or, quand les ventres sur les bouches brûlantes
Eurent pleuré le flot sanglant des larmes lentes
On sécha leur tristesse au deuil des lourds cheveux.
Mais les bouches riaient dans les larmes aimées
Et baisaient l'une l'autre avec de lents aveux
La saveur de la chair sur leurs lèvres charmées.

Pensionnaires

Le lever

Hors du lit ! sans pitié des pauvres endormies
Sans pitié des yeux las, des mains ouvertes, des
Petits ventres béants sur les draps inondés
Seul vestige attestant la lutte des amies.
En chemise et les cheveux dénoués, assises
Au bord du matelas, les pieds ballants et nus,
Elles ont pour les sœurs des gestes convenus
Mais l'une pour l'autre des poses indécises
Car ils gardent l'éclair des ivresses nocturnes
Ces yeux d'enfants, entre ces femmes taciturnes
Et les bras sont encor marqués d'avoir étreint
Et la courbe à genoux pour chanter la prière
Divulgue le stigmate indélébile empreint
Par un baiser rougi sur la peau du derrière.

4 avril 91.

Couturière

Sous la planche de fer ses jambes semblent moudre
Elles se croisent, vont, viennent, en haut, en bas
Et scandent pied à pied, d'un geste faible et las
Le mouvement rythmé de la machine à coudre
Mais les cuisses à nu se frôlent ardemment
Le clitoris s'éveille et s'excite et raidit
C'est encor le désir de baiser qui grandit
La rage d'être jeune et chaude sans amant.
Ô joie ! au frottement la vulve s'exaspère ;
La masturbation clandestine s'opère ;
Dans l'atelier causeur personne n'en sait rien
Et l'étau convulsif des cuisses opprimées
Fait jaillir au hasard dans les jupes fermées
Le pâle écoulement du flot vénérien.

3 novembre 90.

Les maîtresses

Celle d'Aix-les-Bains

Sa tête délicate et ses hanches pesantes
Faisaient un contresens adorable et lascif.
Elle avait la peau brune, et son ventre massif
Pendait, sur l'épaisseur des cuisses reluisantes.
Ses bras souples étaient plus mûrs et plus tentants
Ses tétons fleurissaient de noires aréoles
Je moulais ma verge à ses aines de créole
Et son vagin mouillé brûlait mes doigts contents
Je vois encor ses yeux cernés, ses jambes lasses,
Sa vulve accoutumée au mouvement des passes
Qui s'accouplait sans joie et baisait en dormant ;
Je sens ses cuisses sur ma jambe lourdement,
Contre mes flancs tout nus ses hanches toutes nues,
Et puis — oh ! sous mes dents ces lèvres si charnues !

Toussaint 90.

Sonnets divers

Puisque tes yeux veulent mourir
Comme des reflets d'obsidienne
Quand tu sens mes ongles courir
Sur ta rougeur clitoridienne ;
Puisqu'au furtif chatouillement
Autour des mamelles dorées
Tu jouis douloureusement
Avec des plaintes effarées
Permets que j'aie aussi mon lot
Du rut lascif que ton goulot
Perdrait en vain sur les draps tièdes
Et que ma verge peu à peu
Moule ardemment la chair de feu
Du vagin sur ses formes raidies.

16 mars 91.

Les yeux sont moins purs que les seins ;
Plus que les bras les dents sont blanches
Mais quelles chairs sinon les hanches
Sont lascives sur les coussins
Le réseau de leurs bleus dessins
Striés en veines de pervenches
Contient leur chaleur que tu penches
Provocante des chers desseins.
Mais elles sont, ô douce amie,
Les valves d'une huître endormie
Où des perles rares se font
Et mon pâle amour lorsqu'il entre
Cristallise peut-être au fond
En colliers autour de ton ventre.

corr. le 2 mars

Viens, blanche sur le divan rouge, viens baiser.
Tes pieds se crispent à la sanglante peluche
Ta vulve d'ambre sera la petite ruche
Où le miel de ma mentule ira s'épuiser
Tu cambres les reins ! Cochonne !
Ah ! tu tends le ventre !
Tu veux la douleur profonde et l'humidité
Brûlante du lent coït qui n'a pas juté
Mais qui remonte et s'enfonce, qui sort et rentre.
Me voici donc. Le divan sourd criera sous nous
Étreins mes reins dans l'étau fort de tes genoux
Accueille en toi mon pénis libidineux, chère,
Et ce sera quelque étreinte à devenir fou
Et ma pine en rut brûlant comme une torchère
Grossira tant que fendre les bords du trou.

20 février 91.

J'aurais voulu t'avoir quand tu n'étais pas femme
Seule devant mes yeux, par une chaleur d'août,
Pour te souffler tout bas quelque parole infâme
Qui t'aurait fait rougir de honte et de dégoût.
À toi, naïve encor, je t'aurais appris tout
Puis j'aurais défloré ton corps après ton âme
Je t'aurais enseigné comme le cœur se pâme
Je t'aurais violée au pied du mur, debout,
Et depuis ce jour-là je t'aurais vue errante
Et furtive, cachant ta grossesse apparente
Promenant au hasard un regard incertain,
Et pour te mettre en rage après t'avoir courue
J'aurais baisé chez toi quelque jeune putain
Ramassée en plein vent n'importe où dans la rue.

Acrostiche saphique

Dans le lit maculé de foutre et de salive
Eve nue en chaleur et le ventre écumant
Unit sa belle bouche au con de son amant
Xavière aux poils crépus sur une chair olive
Grandes, plongeant la tête au gouffre des genoux,
O qu'elles font un couple atroce de femelles
Un couple oroventral bandant jusqu'aux mamelles
Gavé de foutre clair et plein d'horreur pour nous
Nous les aimons pourtant, les gougnottes chéries
Ouvrant leurs bouches d'ombre et leurs vulves fleuries
Trous d'amour destinés à nos membres virils
Tout leur être nous a des grâces embrouillées
Et nous aimons, avec des gestes puérils,
Sentir l'odeur des cons sur leurs bouches mouillées.

De Bayreuth à Eisenach, 13 août 91.
(Écrit en chemin de fer.)

Prière

O Sainte aimée, Ô ma patronne, Ô ma maîtresse,
Étoile de la mer, Étoile du matin,
Sois adorée encore, ainsi qu'au jour lointain
Où ta Vulve reçut ma première caresse.
En te voyant si blanche un soir que tu dormais
J'ai senti qu'envers toi l'amour est une insulte
Je n'ose plus t'aimer, je veux te rendre un culte
Et chanter mes baisers sans les clore jamais.
Sur l'autel du Lit, ouvre donc tes lèvres peintes
Et je brûlerai l'encens qu'on brûle aux Saintes
Ô Pure, ô Vicieuse, et tandis que tu dors
Laissant mes cheveux chauds errer sur ta peau
J'irai m'accroupir nue à l'ombre de ton corps
Comme une Byzantine aux pieds d'une sainte icône.

2 juillet.

Supplément

Élévation

Dans le mystique amour de ta vulve,
Je deviens grave et religieux.
Mon front se courbe et mes doigts s'unissent
Dans le mystique amour de tes yeux.
Ta vulve est là, dans sa chair de bronze,
Jetant des feux dans l'ombre du soir :
Ors byzantins gemmés d'escarboucles.
Ta vulve est là, comme un ostensoir.
Tes yeux sont là, qui m'ont rendu lâche.
Astres d'amour et d'impureté,
Lueurs des nuits chaudes et bleuâtres,
Tes yeux sont là comme un ciel d'été.
Et je me dis, voyant sous un nimbe
Ta vulve d'or monter vers les yeux…
Je ne sais rien du prêtre invisible,
Mais je me dis : Ce sont les vrais dieux !

22 mars 90

La vermine

Pour la crasse écaillée entre tes jambes maigres
Pour la touffe crépie et sèche qui pourrit
Dans les démangeaisons, l'herpès et le prurit
Fendillée au pubis parmi les jutes aigres
Comme un pied de lichen près d'un ruisseau tari
Pour la crevasse, haute, étroite et contournée
Immonde bâillement du ventre tortueux
Qui suinte, cicatrice ouverte au périnée
D'un coup de baïonnette obscène et monstrueux
Je veux donner – ô femme écoute bien ! – je donne
Ma verge au gland gonflé comme un cœur de madone,
Faite pour décharger sur des lèvres d'enfant
Et je veux, dans la nuit nerveuse de l'alcôve,
Sentir, en t'écrasant sous mon corps triomphant,
Les morpions crochus grouiller sur ta peau fauve.

septembre 90.

Si vous n'avez pas peur d'aimer
Laissez-vous baiser sur la bouche
Laissez mes lèvres se fermer
Sur votre chair franche et farouche.
Si vous comprenez mes desseins
Laissez-vous baiser, ô timide !
Sur vos épaules, sur vos seins
Laissez errer ma bouche humide.
Et si vous êtes chaste, enfant,
Laissez-moi plonger par secousse
Mon doux visage triomphant
Dans l'or tissé de votre mousse
Où fleurit comme un pistil chaud
Le clitoris dont il me chaut.

24 mai 91.

ENCULÉES
JOURNAL ÉROTIQUE

(1892-1907)

Paris, rue de la Harpe

Fille moitié putain, moitié maquerelle. Basse prostitution, en
cheveux.
N'avait jamais été enculée. Elle a consenti avec appréhension,
mais elle a littéralement hurlé à l'instant de la pénétration.
Malgré tous ses efforts pour se dégager, j'ai réussi, mais à
grand'peine. Elle m'a juré qu'elle ne recommencerait plus
jamais.

*

Marcelle
Paris, rue du Pélican

Petite femme brune, parlant vite.
La plus complaisante et la plus docile qu'on puisse rêver. Il
n'y en a pas que j'aie enculée plus souvent ni dans des positions plus variées.
Elle se prépare seulement avec un peu de mousse de savon,
ce qui rend l'introduction rapide sans trop adoucir le frottement.
Une fois, avant de lui faire ce qu'elle était habituée à souffrir
chaque fois, je lui ai fourré tout un godmiché dans le trou
du cul, en introduisant mes doigts dans le con pour saisir le
godmiché à l'intérieur.

*

Décembre 1892
Abbeville
Dans un bordel de l'endroit

Fille jeune, entrée depuis peu et disposée à tout apprendre.
J'ai eu certainement le pucelage de son cul. L'année suivante
la tenancière me l'a rappelé en me revoyant. La fille lui en
avait fait la confidence. Après moi, elle l'a accordé à tout le
monde.
Je la revois, petite et brune, très paysanne.

*

Jeanne (?)
Rouen, rue des Espagnols (1)

Belle fille brune, très poilue jusqu'au tour de l'anus et dans le
sillon. Environ vingt ans.
S'est fait enculer sans difficulté, à genoux sur son lit.
C'est une de celles avec qui j'ai eu le plus de plaisir à le
faire.

*

Rouen, rue des Espagnols (2)

Fille courte et brune, assez grasse.
La maquerelle m'avait prévenu qu'elle se laissait enculer, mais
ne lui avait pas dit quelle me prévenait.
Quand j'ai fait la proposition, la fille s'est écriée :
« Ben, t'es bien tombé ! je suis justement pour ça ! »
Elle avait dit cette phrase avec tant d'entrain que j'ai songé à

passer toute la nuit avec elle ; mais après l'acte je suis parti.
Perdue de vue.

*

Rouen, rue des Espagnols (3)

Affreuse fille, vieille et laide, mais grande. Avait dû être
belle.
Tout à fait habituée à l'acte. Respectueuse et obéissante ; ne
demandant ni précautions ni égards.
Malgré sa vieillesse, je l'ai prise trois fois comme pis-aller.
Elle m'intéressait par son abjection.

*

Mathilde
Paris, rue d'Aboukir (1)

Grande femme forte et brune.
Je suis retourné six ou sept fois avec elle et l'ai enculée à
chaque visite.
Elle s'y prêtait, mais avait l'anus assez sensible et une fois m'a
montré que je l'avais fait saigner.

*

Paris, rue d'Aboukir (2)

Courte et grasse. Pas bien.
Je l'ai prise comme pis-aller, un jour où j'étais allé voir Ma-
thilde et où j'ai appris que celle-ci était partie.
Sur ma demande elle s'est couchée sur le dos en travers du lit

et a relevé les cuisses en me présentant au bord son trou du cul par-dessous. Pendant l'acte elle se plaignait beaucoup que cela lui faisait mal.

*

Marie
Paris, quai des Tuileries

Fille très jeune, 15 ou 16 ans, et jolie, mais de la plus basse prostitution, en cheveux, sous les ponts.
Tout à fait habituée à la sodomie, elle se l'est fait faire en plein air sous le quai, vers 11 h du soir, sans difficulté. Coût : 5 F.

*

Paris, rue de l'Échaudé

Fille blonde, mollasse, maussade et endormie
Est assez habituée à se faire enculer. Les deux premières fois où je l'ai vue, elle s'était noyé tout le sillon des fesses dans de la vaseline. La troisième fois j'ai obtenu qu'elle n'y mît qu'un peu de savon.
À ma visite précédente, peut-être à cause de l'excès de vaseline, je l'avais limée pendant plus de cinq minutes sans aboutir.

*

Énorme maquerelle obèse, qui fournissait des petites filles
chez elle. Aussi grande que grosse. 40 ans environ.
Un jour où elle n'avait personne, elle s'est offerte à remplacer
ses petites clientes. J'ai accepté à condition que ce fût en cul.
Elle m'a répondu :
« Por el culito ? si quieres. »
Je l'ai fait, mais avec une certaine peine, d'abord parce
qu'elle s'y prêtait mal et ensuite à cause de l'énormité de ses
fesses.

Quelques jours plus tard, elle a fait devant moi une séance
de tribadie extraordinaire avec une fille enceinte au 9ème
mois, toutes deux nues. Je n'ai jamais rien vu de plus singu-
lier. Il n'y a pas eu de faux-semblant, leurs cons étaient tout
baignés de jouissance après l'acte. La fille enceinte m'a sucé
à la fin.

*

Séville, petite rue derrière l'Hôtel de Paris

Fille assez grande. Cheveux châtain foncé. Environ
22 ans.
Elle m'a raccroché devant sa porte. J'ai refusé. Alors elle m'a
retenu en m'offrant tout ce que je voudrais, même sa bouche.
Je lui ai demandé ses fesses, elle m'a répondu oui, sans hési-
ter.

Entrée avec moi dans sa chambre au rez-de-chaussée, elle
m'a avoué qu'elle ne l'avait jamais fait encore, mais qu'elle
voulait bien le faire, qu'il ne fallait pas m'en aller, qu'elle s'y
prendrait le mieux qu'elle pourrait, etc.
Je l'ai fait entièrement déshabiller. Elle était assez bien, de
corps et de visage. Je l'ai sodomisée sans autre aide que de la
salive, et elle a supporté cela courageusement, sans plainte,
bien que cela parût lui faire assez mal.

*

Séville

C'était dans un petit bordel du plus bas étage
J'avais essayé pendant un quart d'heure d'enculer une espèce
de bonne qui disait toujours qu'elle voulait bien, et qui hurlait
chaque fois que je faisais une tentative.
On m'a fait venir alors une autre femme, petite, les yeux très
vifs, habituée à ce genre de complaisances et qui m'a présenté
son cul au bord du lit en s'écartant les fesses elle-même avec
une impudeur extraordinaire. Je l'ai enculée une fois et je ne
suis pas revenu.

*

Rouen, rue des Cordeliers

Affreuse fille, presque contrefaite. Je l'ai enculée au bord du
lit avec un certain dégoût. Elle paraissait souffrir.

*

vers 1895
Violette
Paris, 10 rue d'Aboukir

Assez jolie négresse.

Fine et souple, mince de taille, avec la croupe forte et char-
nue.

Peau très noire, poils courts et crépus, disposés par petites
touffes rases comme chez les négresses de race pure.

Quand je lui ai demandé de l'enculer elle y a consenti d'un
air soumis et m'a laissé faire sans aucune résistance. C'est la
première négresse que j'ai enculée.

*

Naples, une des rues qui montent, à gauche de la via Roma

Fille insignifiante et laide, enculée sur le bord de son lit.

*

avril 1898
Louqsor

Grande nubienne à peau foncée, belle de corps et bien faite
mais borgne.

Comme je passais avant le coucher du soleil dans la rue des
prostituées, où il n'y avait guère que deux ou trois filles sur
les portes, elle a vu que je refusais les autres, et alors, elle s'est
gaiement tapé sur la fesse droite en me disant :

« Ta' ala ! Fi' tisi ! »

Je l'ai suivie. Elle paraissait au comble de la joie d'avoir arrêté
quelqu'un. Sa maison n'était qu'une petite cour sans toit, avec
un abri dans le fond. Son grabat était à la belle étoile. Elle
s'est placée devant, en retroussant sa tunique bleue, et m'a
présenté le cul sans se mouiller.
C'est, je crois, la première fille que j'ai enculée ainsi, en plein
air. Je me souviens d'y être allé profondément.
Je lui ai donné ensuite une pièce de 20 piastres (5 f). Elle est
sortie sautant de joie et brandissant la pièce pour la montrer à
ses camarades.

*

Paris, rue de la Lune (2)

Femme brune, mince, très passionnée.
La sodomie lui faisait mal mais excitait son imagination.
Elle y a consenti à condition que je la masturbe avant et
pendant l'acte. Son clitoris bandait d'ailleurs de toute sa force
pendant que j'entrais dans son derrière.

*

Fernande
Paris, rue d'Argoût

Elle a un tout petit trou du cul rose, dont la teinte ne se dé-
tache pas du reste, mais on y rentre néanmoins.
« Tu sais, dit-elle, c'est en cachette de la patronne. »

*

Belle fille, grande, jeune, jouisseuse et très putain. Se vante d'être « la plus putain de la maison ».
Je l'ai revue trois fois. Elle se fait enculer en fermant les yeux et en se mordant la lèvre comme en jouissance, et elle aime « tout ce qui est cochon ».
Deux fois je l'ai enculée à genoux sur son lit, et une fois s'asseyant sur moi couché. S'y est très bien prise.
Elle est brune, avec beaucoup de poils.
En 1906 j'ai appris qu'elle avait quitté Rouen pour Paris.
Était alors, paraît-il, dans une maison de rendez-vous de la rue de l'Arcade.

*

Bretonne, plutôt grasse. Cheveux châtains. Visage rond. Souriante. Des tétons et des fesses. Type de servante d'auberge, bonne fille.
Elle doit être la femme que j'ai enculée le plus souvent (25 à 30 fois). S'y prêtait sans aucune résistance. Il était entendu que je la prenais toujours par là.
Se laissait mettre dans toutes les positions devant le lit, debout, à genoux sur le lit, couchée sur le dos et les jambes relevées, couchée sur le côté, etc. Une fois s'est enculée en

s'asseyant sur moi couché, et me tournant le dos.
Devenue poitrinaire, elle est morte en 1906.

*

Paris, rue Jean-Jacques-Rousseau (2)

Ancienne actrice de la troupe Frédéric Achard. 40 ans
(moins ?)
Prise comme pis-aller, un soir où Lucienne était sortie.
Une des rares femmes qui ait consenti à se faire enculer en
présence d'une camarade. La camarade, beaucoup plus jeune
et jolie, ne dissimulait pas son dégoût de voir une femme se
laisser faire des choses pareilles.
Autant que je me rappelle, l'acte a eu lieu debout sur le lit,
pendant que les deux filles se gougnottaient.

*

Marcelle
Paris, rue Jean-Jacques-Rousseau (3)

Mince, tête à la Botticelli ; assez jolie. 30 à 32 ans. Seins pas-
sables. Fesses petites. L'air vicieux ; ou plutôt l'air d'une fille
spécialiste pour amants vicieux.
Je l'ai enculée 12 ou 15 fois au moins, presque toujours debout au bord du lit. Se laissait faire sans résistance.
Une fois, j'ai commencé à la branler pendant l'acte et je lui ai
demandé si elle voulait jouir. M'a dit que oui, qu'elle en avait
envie. À déchargé sincèrement après deux ou trois minutes
de masturbation et sodomie ensemble.

*

Paris, rue Saint-Denis

Fille jeune, cheveux blonds châtains, l'air gentil.

Mise comme une modiste, en canotier, corsage clair et jupe plus foncée, mais faisant le métier.

Je l'ai trouvée vers minuit au coin de la rue St-Denis et de la rue des Lombards, rentrant chez elle.

Jamais on ne l'avait sodomisée. Elle a d'abord un peu hésité, puis, en échange d'une promesse de dix francs, elle y a consenti. Nous étions dans une chambre d'hôtel borgne de la rue St-Denis ; elle s'est placée debout devant le lit, en se penchant, et m'a laissé faire sans trop se plaindre.

*

Fernande Chabanel
Paris, rue du Mont-Thabor 4
1906

Maigre, rousse, très vicieuse. 18 ans.

C'est la jeune fille la plus mouillée que j'aie jamais connue.

Sitôt qu'on lui prenait le con, on en avait plein la main.

Aimait tellement le postillon que je lui ai proposé de l'enculer. Hésita d'abord, puis se laissa persuader par l'exemple des modèles de q.q. photos obscènes.

Après le premier essai qui réussit bien, j'ai recommencé 12 ou 15 fois (savon). Elle se plaçait toujours couchée de côté au bord du lit et moi debout.

Avec elle je préférais la sodomie, parce que sa bouche était si petite qu'elle me faisait mal avec ses dents ; d'ailleurs elle suçait mal et au contraire se faisait enculer très bien.

*

Lydia
Epernay, 7 rue des Rocherets
1906

Grosse fille brune, complaisante.
Enculée une fois au bord d'un lit à rideaux, chambre du rez-de-chaussée.
M'a donné sa carte en me demandant de revenir.

*

Nina
1907 Toulon, rue du Rempart (coin) (1)

De Buenos-Ayres. Très brune de cheveux, de poils et de peau. Assez grasse, forte cambrure des reins. Type d'Américaine espagnole. Prétend pourtant être Hongroise et née à Budapest, quoiqu'élevée à Buenos-Ayres depuis son enfance. Se nommerait Rosa Simon.
Élevée depuis l'âge de 12 ans dans un bordel de petites filles à Buenos-Ayres. Dit que dans cette ville, il y a beaucoup de bordels de fillettes impubères, 10 ans, 11 ans, etc. ; maisons non reconnues officiellement mais que la police tolère. Il y en a entre autre Calle Floridas. Ces petites sont pour la plupart vierges et font seulement ce qu'on appelle « hacer una mama-

da » ou plus crûment « chupar lo' cojone' ».

Dit qu'à Buenos-Ayres « casi todas las mujeres (de burdel) joden por el culo », que rien n'est plus fréquent ni plus ordinaire. Pourtant, elle, Nina, s'y prête mal et je n'ai jamais réussi complètement avec elle. Si je la mets dans cette série où je ne comprends que des filles vraiment enculées, c'est à cause des détails qui précèdent.

*

Marcelle
1907
Toulon, rue du Rempart (coin) (2)

Amusante petite putain de Paris, ex-actrice ou figurante aux Folies-Bergère ; a été en tournée à New-York et au Caire, où elle a quitté le théâtre pour la maison de rendez-vous.

20 ans environ. Cheveux châtains. Corps allongé, sans hanches. Fesses petites.

Bavarde, gaie, absolument sans pudeur ; se penche toute nue par la fenêtre ouverte en plein jour pour appeler la bonne.

N'avait jamais été enculée. S'y est prêtée la troisième fois que je l'ai vue, avec appréhension et curiosité. Bien réussi.

Comme, la fois suivante, je réussissais moins bien et m'en plaignais après, elle m'a dit « Mais il faut m'engueuler ! Quand tu vois que je fais des manières, vas-y tout de même, dis-moi : Je ne te paierai pas ! Faudra bien que je marche. » Et elle rit.

Le dépucelage de ses fesses a été pour elle un événement. Pendant cinq minutes après elle répétait en hochant la tête

« Eh ben !… Eh ben !… j' l'ai eu l' cul cassé !… je ne pourrai
plus dire… »

*

Carmen (portait sur le Rempart un autre nom que j'ai oublié.)
Bayonne, rue de Marsan (d'abord sur le Rempart)

Grande et grosse fille de 28 à 30 ans, brune, gros tétons,
grosses fesses.
Elle est bête et insupportablement bavarde, parlant sans
cesse à voix très haute. Aimable comme une provinciale,
trouvant toujours qu'on ne reste pas assez longtemps, qu'on
ne vient pas assez souvent, etc. J'ai rarement vu une putain
plus vache que cette fille. Elle ferait tout ce qu'on voudrait et
devant qui voudrait.
Je l'ai enculée plus de quinze fois, toujours en plein jour ou à
peine vers le soir. Elle se place généralement à quatre pattes
sur le lit et donne son cul comme un simple con, après l'avoir
légèrement vaseliné.

*

Léa
Bayonne, rue de Marsan

Jeune blonde ; taille moyenne. Beaucoup d'entrain.
Née à Brest, dans le quartier voisin de la grande rue aux
bordels.

Raconte gaiement que quand elle était petite, elle regardait
avec admiration les beaux peignoirs de soie des putains
qu'elle entrevoyait par les portes. Elle n'imaginait rien de
plus tentant que cette existence-là. « Il y avait une femme
qu'on appelait "Léa ! Léa !" je trouvais ça joli c'nom-là. Alors
c'est comme ça qu'j'm'ai fait app'ler Léa et que j'suis devenue
putain. » Elle rit aux éclats.
C'est au bordel de la Rochelle qu'elle s'est trouvée être la
camarade de la grosse Carmen (celle de la fiche précédente)
qui lui a conseillé de la remplacer à Bayonne.
J'ai enculé cette Léa au moins douze fois en 1906. Elle s'y
prêtait très naturellement, mais plus volontiers debout au
bord du lit. Une fois pourtant je le lui ai fait en la couchant
sur le dos, les cuisses écartées.

*

Marie
1907
Toulon, rue de l'Unité

Petite putain douce et docile, 24 ans, mais paraissant 18.
Borgne ou louche.
Aimait bien mieux se faire enculer que de sucer. Pas forte sur
les positions. Se placerait comme on voudrait. Je la mettais
ordinairement debout au bord du lit. Je l'ai enculée sept ou
huit fois, peut-être davantage.
Au bout de deux mois elle à quitté la ville pour aller « faire la
campagne », c'est-à-dire les auberges des environs ; d'abord à

Cuers. Je sais peu de chose sur cette prostitution des cam-
pagnes dans le Midi.

Table des matières

www.grandsclassiques.com

ISBN ebook : 9782512008507
ISBN papier : 9782512009702
Dépôt légal : D/2018/12603/152

Couverture : © Hélène Massart
Conception numérique : Primento, le partenaire numérique
des éditeurs

www.ingramcontent.com/pod-product-compliance
Lightning Source LLC
LaVergne TN
LVHW050929200726
843508LV00011B/2294